Arturo Abad / Carme Peris

Pintor de Lunas

Lóguez

A veces la pinto de colores
o la lleno con dibujos de los sueños que he tenido.

Otras veces le trazo senderos.
Que no sé si son de los que vienen o de los que van.

Me llaman pintor de lunas.
Todo fue por culpa de mi gato.

La pinté por primera vez hace mucho tiempo.
Cuando éramos pobres y no existían las paredes.

Siempre fue un gato muy desobediente,
pero sabía reír a carcajadas
y por eso lo quería.

Fue la luna quien empezó
deslizando su aroma por las rendijas de mi ventana.

Olía a noche y a secretos,
a estrellas viajeras y a cuentos olvidados.

Teníamos hambre. Un hambre ya vieja.
Intenté decirle que no lo hiciera,
pero siempre fue un gato muy desobediente.

Salió por la ventana y se alejó corriendo por los tejados de la noche.
De chimenea en chimenea, llegó a la más alta y allí se quedó muy quieto
meneando el rabo.
La luna, tremenda y encantada, se deslizaba por el cielo como

las gotas de una acuarela mojada.
Cuando se acercó lo suficiente, mi gato dio un gran salto y se quedó
encaramado a ella.
Y se alejaron.

Como un plato de leche,
como un tazón de nata montada.
Mi gato se bebió hasta la última gota del brillo de la luna.

Tan sólo quedó la piedra.
Una piedra negra en el vacío.

La verdad es que nunca lo vi tan contento
ni con la barriga tan llena.

Pero entonces llegaron.

Eran cientos, miles, esperando en nuestra puerta.
Vecinos de arriba y de abajo, gentes del este y del oeste.
Venían de todas partes y, muy enfadados, señalaban hacia el cielo.

—¿Quién ha sido? —preguntaron con indignación.

Mi gato levantó la zarpa, sonrojado.

—¡Queremos que vuelva a ser como antes! —ordenaron todos a la vez.

Contemplé la luna negra colgando del cielo. Después miré a mi gato.
—De acuerdo —respondí.

Teníamos que volver a pintarla.
Pero necesitábamos mucha pintura.
Pintura de luna llena.
Cada vecino trajo un poco de leche y la vertimos en un cubo de madera.

Añadimos una pizca de canela
para que tuviera el sabor tibio de las noches,
y unas cuantas flores de azahar
para que oliera como huelen los sortilegios.

Removimos con un bastón de naranjo
y dejamos reposar un buen rato.

Sólo faltaba darle brillo.
Para eso, mi gato y yo nos pasamos el resto de la tarde
riendo a carcajadas sobre el cubo.

Entre todos juntamos un montón de sillas
y las pusimos una sobre otra hasta acariciar el cielo.

Con mi brocha y mi cubo de pintura
fui pintando aquí y allá
hasta devolver a la luna todo su color.

Después bajé del cielo
y los vecinos se marcharon, satisfechos.
La luna se alejó por el horizonte.
Parecía una lágrima de plata en la oscuridad.

Me aseguré de decirle a mi gato
que nunca más volviera a hacerlo.
Pero siempre fue muy desobediente.

Todavía se escapa por los tejados de la noche
y se sube a la luna llena para comerse su brillo.
Después me toca subir a pintarla de nuevo.

Pero os voy a contar un secreto:
desde entonces, mi gato ya no tiene hambre.
Y yo tampoco.
Porque siempre que sube a la luna, me guarda un trocito.

Me llaman pintor de lunas.
Todo fue por culpa de mi gato.

Primera edición: septiembre de 2014
© Texto: Arturo Abad
© Ilustraciones: Carme Peris
© Lóguez Ediciones, Santa Marta de Tormes (Salamanca)
Todos los derechos reservados
ISBN: 978-84-942305-5-4
Depósito Legal: S. 313-2014
Impreso en España – Printed in Spain

www.loguezediciones.es

Arturo Abad, biólogo de formación, es narrador oral y escritor de literatura infantil. Ha publicado en diversas editoriales españolas varios álbumes ilustrados y una novela, y una de sus obras fue seleccionada para la exposición White Ravens de los álbumes más bellos del mundo.

Carme Peris nació en Barcelona. Se formó en la Escuela Massana y en seminarios de Bellas Artes. Conocida ilustradora, tiene en su haber un centenar de libros publicados en diversas editoriales españolas y extranjeras, ha publicado en Lóguez "¡Buenas noches, abuelo!", que ha recibido el reconocimiento de crítica y lectores.

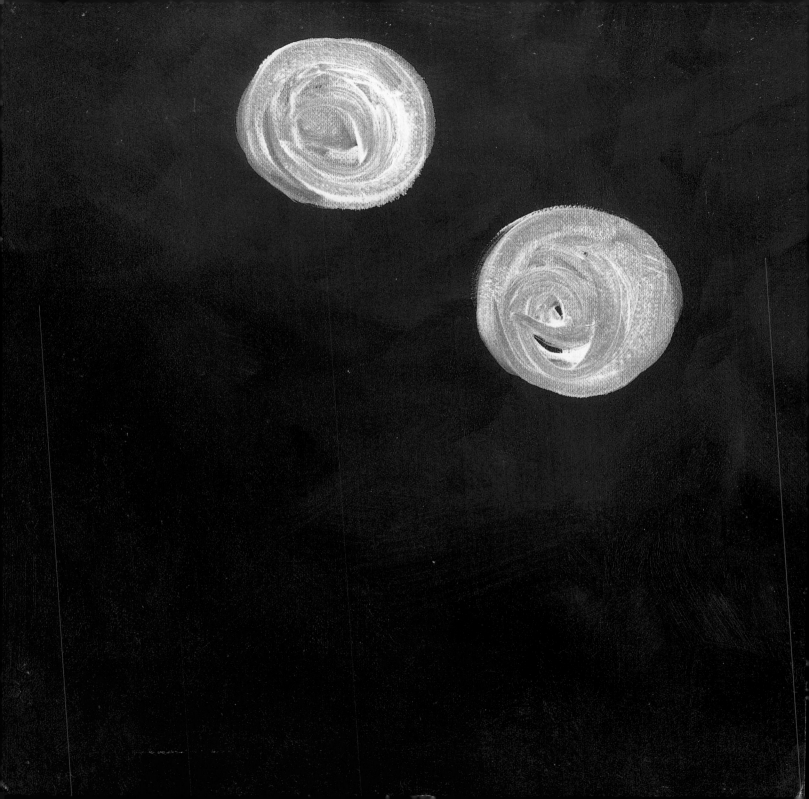